JN312035

怪談十二か月
秋
落ち葉の下に眠る月
ねむ

秋

10月

野分（のわき） 5

黒葡萄（くろぶどう） 15

十三夜 27

虫集（すだ）く 43

11月

散り紅葉（ちみじ） 57

12月

木枯らし(こがらし) 73

コタツ 87

事八日(ことようか) 103

狐火(きつねび) 115

大つごもり 127

怪談（かいだん）

秋

10月

野の分（わき）

強い風を伴った台風が、
午後から夜半にかけて通過するらしい。
空は重たそうな灰色の雲で覆われた。
強い風が渦巻くように校庭の木々を揺らしている。
まだ雨は降り出していない。
誰かが外の様子を見ようと窓を開けた。
ジメジメした風が、どっと吹き込んで、
教室中に土と水の匂いが広がった。
「台風が接近しているので、今日はこれで終了。
寄り道しないで早く帰るように」

教室がざわめく。

「先生、台風そんな凄いの？」

誰かが聞いた。

「暴風警報が出てる。昔の言葉で言うと『野分』だな」

クラス担任は国語の先生だった。

時々古めかしい言葉を使う。

『野分のまたの日こそ』

先生は黒板にこう書いた。

「これは古文の宿題。意味を調べてくるように。

それと小テストを返すから」

みんなが一斉に帰ることになったので、昇降口は混雑していた。

「テストどうだった?」

友人のYがボクに聞いた。

「もう全然ダメだったよ。

苦手な宿題も出たし、憂うつだよ」

するとYはボクに一枚のメモ用紙を差し出した。

「あれは枕草子だよ」

そこには、こんな一節が書かれていた。

『野分のまたの日こそ、いみじうあはれにをかしけれ』

Yと別れた後、ボクはさっき貰った用紙を取り出した。

野分のまたの日こそ

激しい風にあおられて、紙はバタバタ揺れた。
意味を考えていると、紙は手から離れ、
風に乗って、空に舞い上がる。
そして見る見るうちに視界から消えていった。
ボクはその様子をぼんやり見送る。
ふいに頭の中に、
長い髪の17～18歳くらいの女の人が、
その様子をいっしょに見ている姿が浮かんだ。
「どこへ飛んでいくのでしょう」
そんな声さえも聞えた気がした。

不思議な気分のまま家に着くなり、母に手伝いを頼まれた。
「台風が来る前に、自転車にカバーを掛けて、
しっかり紐で結んでちょうだい」
母はボクといっしょに庭に出て、
飛びそうな物を家の中にしまっていた。
「今日は早く帰れてよかったわね」
母はそう言いながら、キビキビ動いている。
家の中に入ってもボクはまだ何となく上の空で、窓の外を見ていた。
「宿題が出たんだ。古文。『野分のまたの日こそ』って、どういう意味？」
母はニコッと笑いながら、「自分で調べなさい」と言った。

風雨は一晩中吹き荒れた。
しかし強い風も、朝には収まっていた。
自転車のカバーは強風にあおられて、
まるでボロ布をまとったみたいだ。
自転車はほとんどむき出しになっていた。
自転車のカゴには、
わざとしたかのように、
木の葉が吹き入れられている。
その中に折りたたまれた紙が入っていた。
広げてみると昨日風に飛ばされていったはずの、あの紙だった。

『野分のまたの日こそ、いみじうあはれにをかしけれ』と書かれた後に、
『格子の壺などに、木の葉をことさらにしたらむやうに
こまごまと吹き入れたるこそ、荒かりつる風のしわざとは覚えね』
と流れるような文字で書き加えられていた。
「ふふふ」
耳元で小さく笑う声と衣ずれの音が、湿った風とともにボクの横を通り過ぎた。

怪談（かいだん）

秋

10月

黒葡萄（くろぶどう）

午後の面会時間。
病院の談話室は見舞い客でいっぱいだった。
談話室からは、秋の柔らかな日ざしと
色づきはじめた木々が見える。
病院とは思えない明るい雰囲気の部屋なので、
お見舞いに訪れる人にも、
入院患者にも人気があるそうだ。
「病室へ戻ろうか」
人でいっぱいなので、ゆっくり話ができる感じがしない。
わたしの提案に、お見舞いに来た友だちが、頷いた。

病棟へのエレベーター前で、
上ボタンを押して待っていると、
下りてきたエレベーターのドアが開いた。
中には看護師さんが二人。
ストレッチャーを挟むように乗っていた。
「あっ」
看護師さんの口から小さい声が漏れた。
「ごめんね。次のエレベーターがすぐ来るから」
看護師さんが早口で言う。
扉が閉まった。

談話室と違い、病棟は静まりかえっていた。
わたしが入院している四人部屋には、わたしのほかにもう一人、
おばあさんがいるだけで、いつも静かだ。
おばあさんのベッドの周りは、
カーテンが閉まっているので、
昼寝をしているのかもしれない。
わたしは音を立てないように注意しながら、
ベッドの傍に折りたたみ椅子を広げた。
友だちも察して、いたずらっぽくくちびるの前に指を当てた。
わたしたちは小声で会話した。

わたしが十月のはじめに入院してから、
二週間が過ぎようとしていた。
「次の検査結果がよければ退院できるかも」
そう話すと友だちはとても喜んでくれた。
友だちはわたしが入院している間、
時間をつくってはお見舞いに来てくれた。
学校の様子や授業の進み具合を、
教えてくれるのはとても助かる。
いや、それより正直に言えば、
自分のことを気にかけてくれる友だちがいることがとてもうれしかった。

退院したら、自分も友だちにもっと親切にしよう。
たわいのないおしゃべりをしているうち、
知らず知らず声が大きくなっていたのかもしれない。
「これ召し上がって」
隣のベッドから突然、声をかけられた。
わたしたちは、驚いて言葉を止めた。
友だちの後ろ、淡い緑色のカーテンのすき間から、
おばあさんの小さい手が覗いていた。
手のひらには、大きな葡萄が一房載っている。
熟した葡萄の甘い香りが病室に強く漂った。

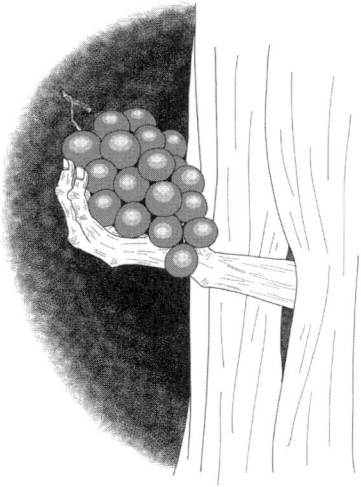

友だちは体をひねり、マジマジとその葡萄を
見つめている。
濃い紫というより黒に見える見事な葡萄は
おばあさんの白い手にも紫の影を落としていた。
葡萄の艶やかさと比べて、その手はカサカサに乾いて見えた。
「さあ。どうぞ」
小さい声が重ねて勧める。
友だちが困った目をわたしに向けた。
「どうしよう」
友だちの目がそう言っている。

わたしも困惑していた。
隣のベッドのおばあさんとは、
今まで話したこともなかった。
医師の質問に答えるおばあさんの声はとても小さくて、
こんなにはっきり聞えたことはない。
友だちのすぐ横に差し出された手が、
ゆっくり近づいてきている。
葡萄の甘い香りに交じり、お香のような匂いが強く、鼻についた。
友だちは椅子から腰を浮かせた。
ガタン

椅子が音を立てた。

友だちがわたしの手を引いた。

「外に出よう」

「ごめんなさい。頂けません」

わたしはやっとそれだけ言うと、

友だちと病室を飛び出した。

ナースステーションの前で、呼吸を整えていると、

顔見知りの看護師さんと清掃の人がのんびり廊下を歩いてきた。

「あら、こんにちは。談話室はいっぱいなの？」

看護師さんが明るく話しかけてくる。

わたしたちはぎこちなく挨拶を返した。
清掃の人はカートを押しながら、
わたしの病室の方へ向かっていく。
看護師さんがわたしの顔を覗き込んだ。
「顔色がよくないわ。お部屋の掃除が終わったら、
ベッドに戻って、お話しすれば」
「部屋で話すと、お隣に迷惑だから・・・」
看護師さんはナースステーションに入りながら呟いた。
「もう、あなた一人だから大丈夫よ」

怪談（かいだん）

秋

10月

十三夜

江戸時代、江戸や京、大坂などの城下町には、
町と町の境界に木戸があった。
木戸の横には番小屋があり、番人が住んでいる。
木戸の番人だから略して「木戸番」。
主な務めは夜四つ（午後十時頃）に、木戸を閉めること。
これは盗賊や不審者の通行を見張り、
逃走を防ぐ防犯の意味があった。
木戸番は大抵、年配の男性で、
番小屋で草鞋や駄菓子を商いながら、番人を務めていた。
子どもたちの世界には、完全ではないが、

ある程度の見守りがあったそうである。

これはそんな時代の物語である。

旧暦の九月十三日（現代の十月下旬頃）の夜を「十三夜」という。

十三夜は旧暦の八月（現代の九月頃）「十五夜」と並ぶ名月の晩で、

人々はお供えをして、月見を楽しむ。

月が煌々と輝く十三夜。

庶民の子どもだけに許された遊びがある。

影踏みだ。

暮六つから遅くとも宵五つまで、

現代の時刻でいうと午後六時頃から午後八時頃まで。

子どもたちは組をつくり、はやし歌を歌いながら影踏みをする。

「影や道陸神　十三夜のぼた餅」

月明かりが照らす通りをそう歌いながら、

子どもたちは、お互いの影を踏みあう。

影を踏まれた者を鬼として、鬼ごっこになることもあった。

踏むのは子どもどうしだけではなく、

競うように通りかかる大人の影を踏み、

すばやく逃げることも多かった。

「こらっ」

影を踏まれた大人が、声を荒らげることもあるが、誰も真剣に怒ってはいない。
町内の顔見知りの子どもである。
ほとんどの大人は、苦笑いをするだけ。
「あまり遠くへ行くなよ」
遊びに夢中な子どもたちを気にして、
後ろ姿にそう声をかける者もいた。
しかし中には
「影を踏まれると縁起が悪い」と言って、
子どもたちの歌声が聞え、姿が見えると、
影を踏まれないよう物陰に逃げる者もいた。

若い娘やおしゃれな身なりをした若者などは、
履き物でも踏まれてはたまらないと、子どもたちを避けた。
「へっ。弱虫め」
文吉は影を踏まれまいと、大店の庇の下に逃げた若者を笑いながら、
仲間たちの方へ振り向いた。
文吉は数え十三歳だが、年の割に体が大きく、この町のガキ大将だ。
手習所でも年長者で、来年は奉公に出ることが決まっていた。
影踏み遊びに興じるのも、今年が最後だった。
自分の町内の通りは、ほとんど巡ってしまって、
文吉は遊び足りない思いにかられた。

文吉は仲間たちを見回しながら言った。

「どうだい。これから隣町まで行かないか」

月見で踏んだ大人の影の数を、指で数えているうちに思いついたのだ。

「隣町の奴らの影も、踏んでやろうじゃないか」

隣町の子どもたちとは手習所でいっしょだ。

「喧嘩するほど仲がいい」という諺のように、

隣町の子ども組とは、事あるごとに、どちらが凄いかと競争している。

「まさか隣町から影踏みに来るとは思わないだろう。

どうだい、いい考えだろう」

文吉はにやりと笑った。

「遠くに行くとおとうに叱られる」

「うちもおっかあがこわい」

文吉が予想したとおり、年齢が小さい子どもたちはおどおどと不安そうだ。

「いいさ。ちびたちは帰りな。

明日、手習所でどんな様子だったか、教えてやるから。

まさ公、ちびたちを長屋まで送りな。

それからお前は、俺たちを追っかけてこいよ」

文吉がいっぱしの親分気取りでそう言うと、

子ども組は二つに分かれた。

文吉に従うのは十を越えた男の子が三人ばかり。

小さい子どもと女の子たちは、政次に送られて長屋に戻った。
文吉たちは木戸を通り、隣町に入った。
文吉は木戸番の老人と仲良しだった。
手習所の行き帰りに話をする。
夜にもかかわらず、隣町に行こうと文吉が言い出したのは、
その木戸番の存在が大きい。
仮に何か思いがけないことが起こったとしても、
自分たちがここを通ったことを木戸番が知っている。
大事にはならないだろう。
まだ宵の口なので番小屋の戸は開いているはずだったが、

冷たい風が入るのを嫌ってか、その晩、戸は閉まっていた。

「隣町の文吉だ。じいちゃん、通るよ」

文吉は念のため、戸越しに声をかけた。

返事を待たずに四人は番小屋を通り過ぎた。

隣町は自分たちの町よりも、人通りが少ないように見えた。

冴えた月が、誰もいない大通りを照らしている。

文吉は当てが外れてがっかりしたが、

気を取り直し、声を張り上げて歌った。

「影や道陸神　十三夜のぼた餅」

三人も声を合わせる。

と、同時にパタパタと通りの先を路地に走り込む人影が見えた。

「それっ。行くぞ」

文吉たちは歌いながら、通りを走った。

「文ちゃん。あんまり走ると政次が追いつけないよ」

「じゃあ。お前はここで待っててやれ。

木戸からは一本道だから、まさ公もわかるだろ」

「一人で待つのはいやだ」

「何言ってんだ。こんなに明るい晩じゃないか。

それに番小屋もすぐ後ろだろ」

その時、通りをへだてた横の方から、

自分たちとは違う歌声が聞えてきた。
「隣町の子ども組だ」
文吉はそう言うと一人で飛び出した。
「文ちゃん、待ってよ」
文吉の後をもう一人が追って走る。
あとの二人は何かに怖気づいたように、その場に立ちつくしていた。
「影や道陸神〜」
歌声を追った文吉たち二人は悩んでいた。
隣町の大通りは何度も通ったことがある。
しかし、長屋のある路地は詳しくわからない。

歌声は二人を翻弄するように、
右に左に路地を進んでいるようだった。
追いついたと思うと、真逆の方向から歌が聞えてくる。
「文ちゃん。戻ろう。もう走れない」
路地の切れ目から大通りが見えた時、
文吉といっしょに走っていた庄太が足を止めた。
「大通りが見える。ここから帰ろう」
「お前は帰りな。俺はもう少し追っかける。
ここまで来てバカにされたままじゃ、癪に障って帰れない」
文吉の言葉が聞えたかのように、

あざけるような笑い声交じりの歌声がすぐ近くで響いた。
文吉は汗が冷たくなるほどゾッとしたが、
生来の負けず嫌いが、胸に沸き起こった。
「俺は行くぞ。影や道陸神～」
文吉は大声で歌いながら、暗い路地へと飛び込んでいった。
文吉の行方はそれきりわからない。

十三夜の影踏みは、明治三十年代まで続いたようだが、
いつの間にか廃れていった。

怪談（かいだん）

秋

10月

虫集（すだ）く

肌寒さを覚えて、わたしは目を覚ました。
暗い窓を打つ雨音が聞える。
時雨が降っている。
季節の変わり目に降る通り雨が、
室内の温度を急に下げたらしい。
わたしは膝の辺りに丸まった薄い毛布を、
手探りで胸元まで引き上げた。
周囲は静まりかえっている。
まだ朝までは十分時間がありそうだ。
わたしは目を閉じ、眠りについた。

ティリリ　リリリ

突然、聞えた音がわたしを眠りから引き戻した。

「スマホが鳴ってる?」

わたしは泳ぐように体を起こすと、

半開きの目でスマホを探した。

スマホはベッドの向かい側、

収納ボックスの上に置いてある。

「こんな夜中に誰?」

探し当てたスマホの画面は暗く、

着信は一件も無かった。

「寝ぼけたのかな」
わたしは再びベッドに戻り、目を閉じた。
どれくらい時間が経っただろう。
ティリリ　リリリ
再び音が聞え、わたしは目を覚ました。
横になったまま耳を澄ませた。
やがて複数の小さな音が絡み合い、
複雑なハーモニーを奏でではじめた。
「これは虫の声だ」
時雨が止んで、虫が鳴いているのだろう。

虫の声なら、
このまま目を閉じていればいい。
わたしは安心し、
肩の力を抜いて、深呼吸をする。
耳元に寂しげな虫たちの合唱が聞えていた。
わたしはウトウトしながら、
幼い頃の記憶を思い浮かべていた。
子ども心にも、秋に鳴く虫たちの声は
どこか寂しく、悲しい感じがした。
「虫はなんて言って鳴いてるの？」

「肩サセ裾サセ　つづれサセ。
冬に備えて衣の綻びを縫いなさい」
そう教えてくれたのは母だ。
うつむき加減に、白い布を縫う母の姿が
頭の中にぼんやり浮かぶ。
夢を見ているのかもしれない。
わたしは進学で家を出てから、
そのまま都会で就職した。
やがて母が亡くなり、今、父は一人で暮らしている。
毎日の忙しさに紛れて、

故郷へは、ずっと帰っていない。
日々の生活からは、自然の音が消えていた。
でも今は虫の音が柔らかく周囲に響いている。
「虫の音?」
ふと違和感を覚えた。
今まで、この部屋で虫の音を
聞いたことがあっただろうか。
大都会の真ん中ではないが、
商店やビルが並ぶ雑然とした町の中にある
鉄筋コンクリートづくりのマンションの一室だ。

窓を開けば、町の雑踏しか聞えない。
ここは、自然の音からは縁遠い部屋だった。
「きっと深夜だから、遠くの音が聞えてくるんだ」
わたしはそう考えることにした。
虫の音はひっきりなしに耳元で響く。
かさり
かさり
何かがわたしの頬に触れた。
猫のヒゲのような、細い微かな感触。
ペットは飼っていない。

何かが部屋にいる？
いや、すぐ横にいる！
友人の言葉を思い出す。
夜中に目を覚ますと「ゴキブリ」が、
部屋の中を我が物顔に歩いていたという。
額に冷たい汗が浮かんだ。
虫の音は遠くから聞えているとして、
近くには好ましくない虫がいるのかもしれない。
「灯りをつけてみよう」
薄く目を開き、暗やみに目を慣らす。

外に面した窓。
遮光カーテンのすき間から細い光が微かに差し込んでいる。
「雨が止んで月が出たのか」
光の中にゆらゆらと小さい黒い影が揺らめいた。
ベッドの脇に置いてある
LEDライトのスイッチを入れる。
わたしは思わず口を覆った。
部屋の壁、床にびっしりと
虫たちが触角や羽を揺らし、
思い思いの音を奏でていた。

ベッドに体を起こしたわたしに驚いたのか、
ぴょんぴょん跳ね回る虫もいた。
「どうしよう」
そんなわたしをとがめるように、
虫たちはいっそう高く声を張り上げた。
突然スマホが光りながら振動した。
急いで手に取り、画面を見る。
浮かび上がる文字が、
父の死を伝えていた。
すん

周囲から全ての音が消え、
夜の闇(やみ)が静寂(せいじゃく)をのみ込(こ)んでいった。

怪談（かいだん）　秋

11月

散（ち）り紅葉（もみじ）

今は昔、応仁の乱で荒廃したとはいえ、
京の都は、商業の中心であることに変わりはない。
戦いの無い日の市は賑わっていた。
十一月下旬。
冷たい風に紅葉が散りはじめていた。
「おじさん、薬師だろ」
弥次郎が市を歩いていると、袖を引く子どもがいた。
汚れた水干を着ているが、まるまると健康そうで、
手足もしっかりしている。
飢えた物乞いには見えない。

腰には、刀の代わりとでも言いたげに、紅葉の枝を挿していた。

「そうだが・・・」

弥次郎は答えてから、少し後悔した。

近頃の都は長い戦乱のせいで、人々の心は荒れていた。

夜盗、白昼堂々の追剥など、怪しい者がうろついているという噂だ。

子どもとはいえ、油断は禁物だ。

「家に来ておくれ。主が病気だ」

弥次郎はためらった。

この子どもが物盗りとは思えないが、

人のいない場所に、誘い出す目的かもしれない。

「なあ、お願いだ」

子どもは真剣なまなざしで弥次郎を見つめている。

弥次郎はあらためて、自分を顧みた。

自分は身分も官位もない薬師である。

たった九坪にも満たない土地に粗末な小屋を建て、住んでいる。

財産は、手にした薬籠だけ。

中には生薬が数種類。

盗られて困るのは、命くらいのものだ。

病人がいるなら、行くべきではないか。

「行こうか。しかし、わたしはただの薬師だ。

疱瘡のような重い病は治せないよ」

「ありがとう。さあ、こっち。ついてきて。

俺の名前は、たけ丸」

子どもは嬉しさで小躍りしながら、

先に立って、弥次郎を案内した。

屋敷は荒れていたが、公家の屋敷のようだ。

かつて立派に整えられていた庭の名残であろうか、

美しい紅葉がそこここに散っていた。

人が住めそうな部屋の縁まで来ると、たけ丸が言った。

「主は、この座敷にいる。

縁から上がって、どうぞ診てやってください」
「お前は行かぬのか」と弥次郎が問う前に、
たけ丸は家の裏手に駆け出して行った。
「誰そ」
障子の奥から、病人のか細い声が聞えた。
弥次郎は縁側に駆け上がり、障子を開けた。
破れた几帳ごしに薄い着物を掛け、
横たわる姿が見えた。
髪が長い。女人のようだ。
「わたしは薬師です。たけ丸に呼ばれて参上しました。

他に家の方はいらっしゃいませんか」

病人がハッと息をのんだ。

「誰もおりませぬ。わたしも病重く、

もう薬は無用の身と存じます」

病人は力を振り絞るように起き上がり、

襟を整えると、弥次郎に向かい、頭を垂れた。

「いらしてくださり、お礼申し上げます」

その顔は青白く、すでに死相が現れている。

弥次郎はたじろぎ、言葉を失くした。

「我が身は、かつて室町殿に仕えた身。

今は浅ましい姿にて、
お恥ずかしいことでございます」
女人の落ちくぼんだ瞳の奥に、
妖しい光が輝いた。
やつれているとはいえ、病を得る前は、
たいそう美しかったと想像できた。
「薬師殿、あなたはわたしの最後の願いを、聞いてくださいますか」
弥次郎は全身に水を浴びたように、ぞくりとした。
世には心の迷いや執着から鬼となる者がいると聞く。
紅葉という名の美しい女人が、鬼女となったそうだ。

そんな噂話を思い出した。

目の前の女人も鬼ではないだろうか。

弥次郎の迷いを見透かすように、

女人は微かに口元を緩めた。

「恐ろしいことではございませぬ。

あれをお傍においてやってほしいのです」

「あれとは・・・」

「たけ丸です」

「わたしは従者を抱える余裕がありません。

まして子どもなど・・・貧しいゆえ」

弥次郎は正直に答えた。

「たけ丸が童に見えますか」

女人は、嬉しそうに微笑んだ。

床の下から錦の包みを出し、

弥次郎に向けて差し出した。

「これを差し上げます。たけ丸は賢いゆえ、

夜盗が手懐けようと、毎夜、食を与えているのです。

どうか、たけ丸を連れて早く逃げてくだされ」

そこまで言うと、女人は力を使い果たしたように、

ぐったりと仰向けに倒れた。

「もし。もし」

女人は、すでに息絶えていた。

数日前には亡くなっていたらしい。

気づくと座敷中、香と、酸いような死臭で満ちている。

弥次郎は錦の包みを手に取った。

ずっしり重い。

それは砂金だった。

このまま逃げてしまっても・・・。

赤い涙が一筋、死者の目から流れた。

恐ろしさと哀れさで胸が詰まった。

弥次郎は死者に手を合わせると、
家の裏手に回り、たけ丸の名を呼んだ。
若犬が駆け寄ってきた。
犬の首にはお守りのように綾の紐が、巻いてある。
紐には紅葉の小枝が結ばれていた。
弥次郎は犬に錦の包みを見せた。
犬は寂しそうに、鼻を鳴らしたが、
弥次郎をつぶらな瞳で見上げ、尾を振った。
太陽が傾きはじめている。
夜の都はおそろしい。

振りかえり、もう一度静かに手を合わせる。

「さあ。共に行こう」

弥次郎はたけ丸を連れ、屋敷を後に小路を歩き出した。

怪談（かいだん）

秋

11月

木枯（こが）らし

冷たい北風が落ち葉を舞い上げる。
時おり、高い空でかん高く風が鳴った。
通学路の途中。
町はずれにある歩道橋の上は、風を遮るものがない。
吹きさらしなので、とても寒い。
歩道橋の近くには人家が少なく、
お年寄りが三郎森と呼んでいる
こんもりした森があるだけの、寂しい場所だ。
いつもここを通る時は、背中を丸め、
うつむきながら、足早になる。

「日が暮れるの、早くなったね」
「そうだね、それに寒くなったね」
十一月の部活帰り。
わたしは友だちと二人で歩道橋を渡っていた。
歩道橋の真ん中からは、北西の方向に
群青色をした山の連なりが見える。
夕日はすでに山の陰に落ちて、
わずかに赤い光を残しているだけ。
辺りは黄昏に包まれていた。
下に降りる階段の手前で、ふいに友だちは

わたしの方にぶつかるように身を寄せた。
スマホの画面を見ていたわたしは、
びっくりして立ち止まった。
わたしは顔を上げ、友だちに尋ねた。
「どうしたの？」
「ごめん、ぶつかりそうだったから」
歩道橋にはわたしたちだけだ。
「誰もいないよ」
「うん、気のせいだね」
風がいっそう強く吹いて、歩道橋を揺らした。

翌日の夕方、わたしたちは、
同じように歩道橋を渡っていた。
今日も冷たい木枯らしが吹いている。
落ち葉が歩道橋の上で、くるくる渦を巻いていた。
わたしたちの前に同じ学校の男子が数人、
話しながら歩いている。
知り合いではないので、
わたしたちは距離をあけて、
男子たちの後ろを歩いていた。
「わっ、何だよ。急に」

男子の声で、わたしたちは足を止めた。
下り階段の手前、
昨日、友だちがわたしにしがみついた辺りだ。
男子たちは立ち止まり、ザワザワしている。
「何もいないって、気のせいだろ」
「ビビりだな」
「撮ってみる？」
スマホのフラッシュが三回光った。
彼らはスマホを覗き込んでいたが、
次の瞬間。

一斉に階段を駆け下りていった。
友だちがわたしの腕をつかんだ。
「どうしたの？」
友だちは脅えている。
無言だが、まなざしは何かをとらえているようだ。
わたしは友だちの視線の先に目を凝らした。
歩道橋の先のうす暗い空間。
そこに砂嵐のようにザラザラした何かが渦を巻いている。
人の身長くらいの渦巻が、
落ち葉を巻き上げているように見えた。

「つむじ風かな」
わたしの呟きに、友だちが首を横に振る。
「じゃあ何？」
「わからない」
わたしたちの会話が聞えたのか。
ザラザラの渦巻はゆっくりと、
少しずつこちらに移動しているようだった。
渦巻の中には、白いリボンのようなものが回っている。
友だちが決心したように言った。
「信じてもらえないかもしれないけど、

おばあちゃんが言ってたの。
あれは木枯らしが吹く頃に、
突然、現れるものだって」
友だちの言葉に驚く。
「でも横を静かに通れば、何でもないって言ってた」
確かに気味が悪いけれど、
襲いかかってくるような感じはない。
その気配はただじっと、寂しげに、
こちらを見ているようだった。
「行こう」

わたしたちは先へ進むことにした。
友だちが「風」側に立った。
「あれとすれ違う時には、ぶつからないようにね」
「うん」
背中を丸めて、うつむき加減に足を早める。
「何も見えない。何もいない」
わたしは頭の中でくり返した。
ひゅうひゅう
かん高い風の音は、
まるで泣いているようだ。

頭の中に、たった一人で広い枯野をさすらうイメージが浮かぶ。
寂しさが胸に広がった。

どんっ

友だちが体を寄せてきた。
二人で身を寄せ合って歩く。
無事に階段を下りきった時には、
どっと疲れが押し寄せた。
分かれ道まで来ると、
友だちに笑顔が戻った。
家に着き、玄関を開ける。

「ただいま」

「おかえり。寒かったでしょう。あら、風に会ったような顔して」

そう母が言った。

怪談（かいだん）

秋

11月

コタツ

ボクは学生寮に住んでいる。
建物は古い木造二階建て、台所と風呂は共同だ。
エアコンはもちろん無い。
クラスメイトには同情されている。
いまどき最悪な生活環境だそうだ。
「もっと環境のいい部屋に住めば」
と言う友だちもいるが、家賃が安くて、学校まで徒歩十分。
ボクには最大の魅力だ。
そんな「最悪」な学生寮だから、住んでいる学生は多くない。
全部で十八部屋あるが、半分は空き部屋だ。

ボクと同じ一年生は一人もいない。
全員、上の学年の先輩ばかりだが、厳格な上下関係はない。
寮長はキムラさんという大学院生だった。
キムラさんとは、台所でよく会うので、
親しく話すようになっていた。
寮の規則に「居室は火気厳禁」がある。
部屋では、灯油ストーブはもちろん、
電気ストーブさえ使用禁止だった。
寮が木造で古いことと、
昭和二十年代にボヤを出したためとのことだ。

寮に入った四月は暖かく、
寒さ対策について何も考えていなかった。
ボクは寒さに、とても弱い。
寒いと寝つきが悪く、夜が更けるまで眠れない。
その分、朝は寝坊してしまう。
寝坊するだけならまだしも、
布団から出るのに時間がかかる。
中学、高校の頃は、
「冬の遅刻魔」というあだ名で呼ばれていた。
十一月、初霜のおりた朝。

ボクは寝坊して、十時過ぎまでグズグズしていた。

午前中の授業は諦めた。

早めの昼食をつくろうと台所に行くと、キムラさんがいた。

「おはようございます」

「おはよう」

キムラさんは関西の人だ。

話し方に独特のイントネーションがある。

「君、今日は昼からか？」

「いえ、寒くて・・・寝坊しました。

寒いの苦手なんです」

「寒がりやと、火気厳禁は厳しいね」
「先輩たちは、冬はどうしているんですか？」
「俺はコタツでしのいでる。
自費でエアコン入れてる人もおるけどね」
「コタツは使ってもオーケーなんですか？」
「そらそうよ。コタツも無かったら、
真冬は凍えてしまうし」
「コタツか。けっこう高いですよね。
今月は厳しいから、すぐには買えないな」
「コタツあるよ。君、中古とか気にしない人？」

「え？　平気です。気にしません」

キムラさんは、台所にあるキーボックスを開けて、鍵を出した。

「先月、突然退寮した人がおって、荷物全部残していってな。管理人さんから、ボチボチでええから処分してくれって頼まれてるんや」

その部屋には、ほんとうに荷物が全部残されていた。本棚にも本がそのままで、空き部屋なのに、まだ誰かが住んでいるようで、少し気味が悪かった。

キムラさんは気にすることなく、ずかずか部屋に入り、
明るく話し続けた。
「ホンマ、急に消えるなら、荷物も持ってけよって思うよな。
そういう所、全然ダメな奴やったわ。
片づける身にもなってほしい」
「お友だちだったんですか？」
「イヤ、友だちじゃないよ。
ただ俺は寮生活が長いから、何となく知ってるだけ。
これええな。俺もこれ貰っとこ」
そう言いながらキムラさんは

手近にあったヘッドホンを手にした。

「そうや、ついでにコタツ布団も持っていき。今日は晴れてるし、干したらすぐ使えるやろ」

ボクはキムラさんの提案にのった。

コタツはきれいだった。

いっしょに貰ってきたコタツ布団も、心配していたイヤな臭いや汚れもなく、干したら新品同様だった。

ボクはコタツを部屋の真ん中に置いた。

机代わりにするつもりだ。

その夜のこと。

すでに日が落ちた頃からとても寒く、

冷えた空気は部屋にも入り込んできた。

ボクは夕食を簡単に済ませて、コタツに入った。

そろそろ試験に備えておかないと。

教科書とノートを開く。

足元から温かい空気が体を包む。

コタツを貰ってよかった。

勉強に集中し、ノートにペンを走らせる。

二時間ほど経っただろうか。

白いノートの上にちらちら黒い影がよぎった。
黒い影はノートの上を横に行ったり来たりしている。
蛍光灯に何か虫のようなものがぶつかっているみたいだ。
目を上げたが、そんなものはいない。
「目が疲れたかな」
眼鏡を外して、思い切り伸びをする。
そのままコタツに胸まで潜り込んだ。
もう少しだけ温まったら・・・。
そう思っているうちに、
ボクはウトウトしていたらしい。

「ねえ」

耳元で子どもの声がした。

びっくりして起き上がろうとする。

胸がぐいっと押され、起き上がることができない。

これは金縛りってヤツだ。

ボクは半分夢の中にいるんだ。

そう思った時、もう一度。

「ねえ　遊ぼう」

耳元で聞えたその声は、

途中から動物が吠えるような野太い声になった。

ダンッダンッ
荒々しい音がコタツの天板から聞えた。
その振動は横たわるボクにも伝わってくる。
同時に苦しいくらい強く、胸が押された。
「やめてくれ。やめろ」
押さえつける何かを跳ねのけようともがくうちに、
手を強く天板にぶつけた。
「痛い！　夢じゃないのか」
きゃははは
笑い声が部屋に響く。

ボクの顔のすぐ横を
白い靴下を履いた小さな足がバタバタと走り抜けた。
その瞬間。
ボクを押さえつけていた力が消えた。
翌朝、ドアに貼り紙があった。
「空き部屋の荷物は、すぐ戻せ　キムラ」

怪談（かいだん）　秋

12月

事八日（ことようか）

「もしもし、あんた」

登山口で声をかけられた。

振りかえると老人が立っていた。

キャップをかぶり、作業服を着ている。

地元の人だろう。

少し離れた場所に軽トラックが停まっていた。

「今日、山に入るのかね？」

登山口の近くにある神社の社務所は、

登山届を出す窓口を兼ねていた。

社務所が無人だったので、

ボクは書類に必要事項を書いて、箱に入れた。
特に問題はないはずだ。
十二月八日。晴天。午前九時。
ルートは山頂までの往復。住所、氏名、年齢。
「登山届は出してあります」
「ああ。あんたが社務所から出てきて、山の口まで歩いていくのを見たから」
ボクを追いかけてきたというのか。
「今日は止めときなさい」
「なぜです？」
「今日は事八日だから。わたしも山仕事をしているが、今日は休みだ」

「事八日ってなんですか？」

老人は仕方ないなという顔をした。

「若いもんは知らないだろうが、

昔から事八日には山仕事、農作業をしてはならない。

そういう決まりになってるんだ」

迷信ってこと？

「昔は家の中の仕事もしなかった。

忌み日なんだよ」

ボクは、まだまだ長くなりそうな話にうんざりして、

「すみません。今日しか時間がないので、

ご忠告ありがとうございます」

老人に背を向けて歩き出した。

昼過ぎに山頂に着いた。

のんびり休憩を取ったので、

下山する頃には太陽はかなり西に傾いていた。

この山は比較的安全で登りやすい。

いつもは他の登山者とすれ違うことも多いのに、

今日は不思議と誰とも出会わない。

ふと朝に出会った老人の言葉を思い出した。

地元の人は今でも言い伝えを守って、

山頂

登らないのかもしれない。
そんなことを考えながら、道を下っていると、
ガサガサ
藪をこぐ音が聞えた。
クマ？　イノシシ？
クマよけ鈴は付けているが、ぎょっとして身構える。
藪から出てきたのは灰色の作業服の男性だった。
真っ赤なニット帽を目深にかぶっている。
目元が隠れていて、表情が見えない。
山では挨拶するのが礼儀だが、

とっさに言葉が出なかった。
男はブツブツ独り言を言っていた。
「百三十一、 百三十二・・・数が合わない」
老人は今日、山仕事をする者はいないと言っていたが、
この人は仕事をしているようだ。
「こんにちは」
ボクはニット帽の男に声をかけた。
「あーらら」
男はその姿に似合わない声を出した。
急に声をかけたから驚いたのだろう。

ニット帽の男はボクを見ると、にっと笑って言った。

「こんばんは」

急に辺りがうす暗くなった。

日が落ちるには早過ぎる。

ニット帽の男は、まるで誰かと会話しているみたいに、

森の奥に向かって声を張った。

「全部、数え終わり。戻ります」

男はずるりとニット帽を脱いだ。

赤い大きな一つ目が現れた。

「事八日」は一年に二回ある。

十二月八日と二月八日。
事八日（ことようか）の日に山に入ると、山の木に数えられ、
山から出ることができないという伝承（でんしょう）があり、
山仕事を忌（い）む地方が多い。

怪談（かいだん）

秋

12月

狐火（きつねび）

塾からの帰り道。
師走の町を歩いている時のことだ。
辺りはもうすっかり暗く、商店街のアーケードには、
クリスマス飾りの電飾が、まばらに点滅していた。
その明るさが、かえって寂しい。
なぜならボクが小学生の頃、
この商店街は、もっと賑やかだったからだ。
今ではシャッターを下ろした店の方が多い。
再開発で駅を挟んだ反対側に大きなショッピングモールができて、
人の流れが変わってしまったからだという。

ガランとしたアーケードは、駅まで続いている。
ボクが歩く少し先を、
足早に歩く人たちに交じって、
小学校一年生くらいの二人の女の子が、
手を繋いで歩いていた。
フワフワしたお揃いのセーターを着ている。
人通りがあるとはいえ、もう夜だ。
子どもが二人だけで歩いている時間ではない。
ボクの目は無意識に、女の子たちの親を探していた。
しかし、周囲にはそれらしい人の姿はない。

そんなことを考えているうちに、
二人に追いついてしまった。
間近で見ると、彼女たちはキョロキョロと
辺りに視線を投げかけていた。
何かを懸命に探しているようにも見える。
女の子の一人は、ボクより先に、
追い抜いていった女性に向かって、
何か言いたげに小さい手を伸ばした。
けれど女性は気づかずに通り過ぎていく。
がっかりした様子のその子と目が合った。

ボクは思い切って声をかけた。

「どうしたの？　お父さんやお母さんは？」

女の子たちが足を止め、ボクも立ち止まる。

二人の顔形はそっくりだ。双子かな？

「わたしたち、おつかいなの」

二人は揃って答える。声も似ていた。

でもこんな遅い時間におつかい？

「何を買いに行くの？

お店なら教えてあげられるかもしれない」

二人は少し困った顔をした。

「探してるの」

「届けにいくのよ」

買い物じゃなくて、場所を探しているのか。

「じゃあ。交番で聞いてみよう。

交番までいっしょに行ってあげようか」

女の子たちは顔を見合わせた。

ボクには聞えない小さい声で、

何かを相談していた二人が、

ボクの方を見上げて言った。

「赤い小さい鳥居。

ずっと前から、この街にあるの。

知らない？」

赤い小さい鳥居？

ずっと前からこの商店街にある・・・。

ボクは記憶を辿った。

そして、あることを思い出した。

小学生の頃、友だちといっしょに探検と称して、

商店街中を歩き回っていた時、

どこかで赤い鳥居を見たことがあった。

その光景がポンと頭に浮かんだ。

アーケードの終わり近く、
横にそれる小さい路地があった。
路地というより、店と店のすき間に入っていくような道。
その先に小さい社があった。
誰も来ないような場所なのに、
びっしりと並んだ瀬戸物の狐や、
赤い小さい鳥居の重なりが不気味で、
怖かったのを覚えている。
くすくすくす
女の子たちは楽しそうに笑った。

奉

二人はまるで、ボクの記憶を見たかのように、
笑いながら、手を繋いで歩き出した。
「わかったの？」
「うん。ありがとう」
ボクは後を追ったが、とても追いつけない。
子どもとは思えない早さだった。
空中に小さいオレンジ色の火が、
女の子たちの後を追うかのように、点々と灯る。
まるで行列のようだ。
周りの人には見えていないらしく、

誰も気に留める様子はなかった。
路地の入口で、女の子たちは振り向くと、
ボクにお辞儀をして、消えた。

怪談（かいだん）

秋

12月

大つごもり

ボクが小学生の頃、冬休みに父の田舎に帰省した時のことだ。
近畿地方の県庁所在地から、少し離れた山間の町。
冬にはよく雪が降るが、
東北の豪雪地帯のように、雪下ろしをするほどではない。
田舎には祖父母が二人で暮らしていた。
父は一人っ子だから、お盆や正月には、できるだけ帰省していた。
ボクと母はいっしょに行ったり、行かなかったりだった。
その年の冬は、父とボクが帰省した。
田舎では大晦日は、どこの家も
家族だけでひっそりと過ごす習慣だった。

子どもだったボクには、とても退屈に感じた。
大晦日の夜。
お正月の準備を整えた祖母は、
十時を過ぎた頃にはコタツでウトウトしていた。
ボクは何をするわけでもなく、テレビを見ていた。
田舎の家は広く、使っていない部屋がいくつもあった。
それらの部屋は、ぴったりと襖を閉じ、
入るのを拒むような雰囲気だった。
時計が十一時を打つ。
遠くから除夜の鐘が聞えてきた。

「山の上のお寺の鐘だ」

お酒を飲んで少し赤い顔の父が言った。

いつもの夕食では、祖父も父といっしょにお酒を飲むのに、

大晦日の晩は、祖父はお酒を飲まなかった。

夜が更けていく。

「雪になったようだな」

周囲はひっそりと静まりかえっている。

つけっぱなしのテレビが、

かえって静けさを強調していた。

真っ暗な家の外に、何か大きなものが

息を潜めていそうなそんな気配がして、
ボクはコタツに胸まで潜り込んだ。
「眠いなら寝てもいいぞ」と父が言う。
去年までは眠気に勝てず、
十二時を待たずに眠ってしまっていた。
今年は起きていられそうな気がする。
それでも、少しウトウトしていたらしい。
目を覚ましたのは祖母の囁くような
小さな声を耳にしたからだ。
「お父さん、そろそろ」

「うむ」

祖父は立ち上がり居間の襖を開け、出て行く。

冷たい空気が入ってきて、

ボクは浅い眠りから覚めた。

どんどんどん

玄関の引き戸を叩く音が聞えた。

「こんな時間に誰？」

ボクはコタツの隣に座っている父に、小声で問いかけた。

父はゆっくりと首を横に振り、

目をつぶると祈るように手を合わせた。

向かい側の祖母も目をつぶり、頭を下げている。

キシッキシッ

廊下を歩く足音がする。

祖父の立てる軽い足音に続き、

ミシミシと、重い音がした。

二つの足音は奥の部屋に向かって消えた。

「やっぱり誰か来たんだ」

ボクは耳をすました。

キーンと耳鳴りがするくらい静かで、

何も聞えてこない。

十二時の時報が鳴る。
テレビから賑やかな音とともに、
新年を祝う言葉が流れた。
「明けましておめでとうございます！」
ほどなく祖父が居間に戻ってきた。
いつもと変わりない様子で、
父や祖母と新年の挨拶を交わしている。
奥の部屋にいる人を放っておいて、いいのだろうか。
「お客さんは？」
ボクが祖父にそう言うと、祖父は微笑みながら答えた。

「じいちゃんが挨拶したからいいんだ」
ボクは意味がわからず、首をひねった。
翌朝、早く目が覚めたボクは、
雪の様子を見ようと玄関に行った。
深夜に誰か来たはずなのに、玄関に履き物はない。
「もう帰ったのかな？」
玄関の引き戸を開ける。
十センチくらい積もったまま、固まった雪の上には、
道から家の前まで、大きな足跡があったが、
家から外へ向かう足跡はない。

それから数年が経ち、ボクが中学生の頃。
祖母が亡くなり、祖父も後を追うように亡くなった。
祖父が亡くなってから、はじめての大晦日を迎えた時のこと。
父が外出しようと提案した。
終夜運転の電車に乗り、
有名な神社かお寺に家族で初詣に行こうというのだ。
「テーマパークのカウントダウンイベントでもいいな」
父はまるで子どもみたいにはしゃいでいる。
ボクは人ごみの中に行くのは、面倒くさいと思ったが、
父は頑なに出かけたいと主張した。

「子どもの頃から、
大晦日はずっと家に籠っていたから、
外に出てみたいんだよ」
父の主張に苦笑しながら、ボクと母は父の意見に従った。
ボクたちはいつもと違う大晦日を過ごして、
年を越してから帰途についた。
家が近づくにつれ、父の様子が少し変わった。
落ち着かずに、ソワソワしているようだ。
家が見えると、父はボクらより先に敷地に入ったが、
玄関の前で立ち止まり、動かない。

玄関には年末に注連飾りをつけていた。
その注連飾りが、地面に落ちている。
追いついた母が目を丸くした。
「いやね。誰かしら、こんないたずらして」
父は落ちた注連飾りを拾い上げながら、呟いた。
「ここにも来るのか」
玄関のドアに大きな黒い手形が付いていた。
ボクの脳裏に、田舎の家で過ごした大晦日の記憶がよみがえる。
「大晦日の夜のお客さんのこと？」
そう言うと、父は頷いた。

「そうか、仕方ないな。今年はお迎えできなかったから、
あまりよい年ではないかもしれないな」
父はそう言うと、玄関のカギを開けた。

大晦日の夜に訪れる者がいる。
神様であるとか、祖先の霊であるとか、
伝えられているが、はっきりしたことはわからない。
一家の主が来訪者を迎え、手厚くもてなすことで、
一年の家族の安泰に繋がるといわれている。
無事に来訪者を迎えた後、

土地の神社に詣でたことが、
やがて明治時代以降には、
初詣の習慣となっていったそうだ。

あとがき

「怪談十二か月　秋」を手に取ってくださって、ありがとうございます。

作者の福井蓮です。

今年の夏も猛暑でした。厳しい夏の暑さを乗り越え、涼しい風に秋の訪れを感じると、思わず ホッとしますね。

秋から初冬までの季節は、早足で通りすぎていくような気がします。季節が移ろう中、みなさんの心に浮かぶ光景は、どのようなものでしょうか？

たとえば、月は一年中見ることができますが、お月見は秋のものです。お月見には収穫を祝う意味がありましたが、それだけでなく、秋の夜空に浮かぶ月は、いっそう神秘的な美しさで、人の心をとらえるのかもしれません。

月は古来から人間の想像力を、大きく刺激する存在でもありました。秋の静けさは、わたしたちが、さまざまなことを考えるためにあるものなのかもしれません。

秋の夜長、これらの物語が、みなさんの想像力の糧となれば幸いです。

福井蓮

著●福井 蓮（ふくい　れん）

東京都出身。小学生の時、学校の七不思議のうち、4つを体験したことがある。
それ以来、心霊現象、怪談、オカルトなど不可思議な現象を探求し続ける。
特技：タロット占い。2012年深川てのひら怪談コンテスト　佳作受賞。
著書に「意味がわかるとゾッとする話　3分後の恐怖2期」「ほんとうにあった！ ミステリースポット」「いにしえの言葉に学ぶ　きみを変える古典の名言」（以上、汐文社）などがある。

挿絵・イラスト●下田 麻美（しもだ　あさみ）

中央美術学園卒業後、フリーのイラストレーターとして活動。
最近では別名義シモダアサミとして漫画の執筆活動も行っている。
主な作品に『中学性日記』（双葉社）、『あしながおねえさん』（芳文社）などがある。

装丁イラスト●あかゐいと（あかいいと）

米ひゐろ、緒方沁、紗嶋による和風特化イラストチーム。
個人でも活動している。

怪談十二か月　秋　落ち葉の下に眠（ねむ）る月

2024年10月　初版第1刷発行

著　　者　福井 蓮
発 行 者　三谷 光
発 行 所　株式会社 汐文社
東京都千代田区富士見1-6-1
富士見ビル1階　〒102-0071
電話03-6862-5200　FAX03-6862-5202
https://www.choubunsha.com/
印　　刷　新星社西川印刷株式会社
製　　本　東京美術紙工協業組合

ISBN978-4-8113-3135-5　NDC387